表達能力大提升

我會清楚地說話

許萍萍　著

新雅文化事業有限公司
www.sunya.com.hk

傍晚，天空好看極了。

兔小白坐在院子裏的大樹墩上，仰頭欣賞晚霞。

天邊的雲彩變化萬千，有時候像一座美麗的宮殿，有時候又像一頂五彩的紳士帽，有時候更像一羣彩色的羊兒……

「兔小白，婆婆想請你幫個忙。」正在廚房裏準備晚餐的兔婆婆探出身子喊道。

「沒問題，婆婆。」

「你幫婆婆去『甜蜜蜜雜貨店』，買一包小蘇打、一包白砂糖、一包鹽，我待會兒做飯時要用。」婆婆說，「你去河對面，穿過小橋就到了。」

兔小白聽完，從婆婆手中接過錢包，就蹦着跳着往雜貨店去了。

甜蜜蜜雜貨店就在河對岸的小樹林裏，
兔小白雖然沒有去過，但站在河邊，遠遠就
能看到它。

瞧，屋頂上還站着一隻風向雞。

兔小白走在木橋上，一邊看河裏的魚兒吐泡泡，一邊想像着雜貨店主人的樣子。

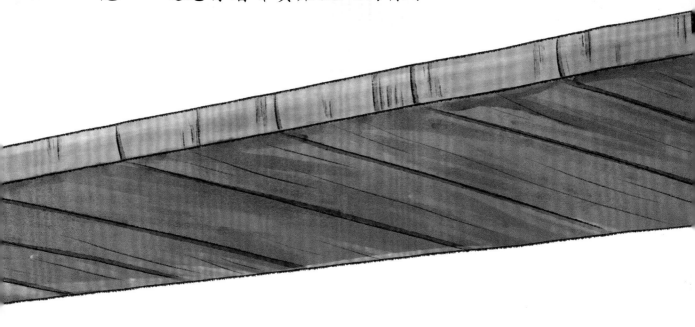

甜蜜蜜雜貨店，會是誰開的呢？母雞嬸嬸？鵝大娘？貓婆婆？

「去到店舖，我會對她説：『請你幫我拿一包小蘇打、一包白砂糖、一包鹽，謝謝！』」兔小白輕快地説。

9

不知不覺，兔小白來到了雜貨店。

哎呀，糟糕，這店竟然是大熊先生開的。

看到大熊先生黑乎乎的皮毛、高高大大的個子，再聽到他粗粗魯魯的大嗓門，不知道為什麼，兔小白的心撲通撲通跳得很快，像是要跳出來了。

甜蜜蜜雜貨店

「小兔子，你要買什麼？」大熊先生問。

「我……我要買一包小……小……小什麼呢？」兔小白結結巴巴起來，她一下子記不起兔婆婆交代的事情了。

「別着急，慢慢想一想，要買什麼？」大熊先生很親切，沒有想像中那麼可怕。

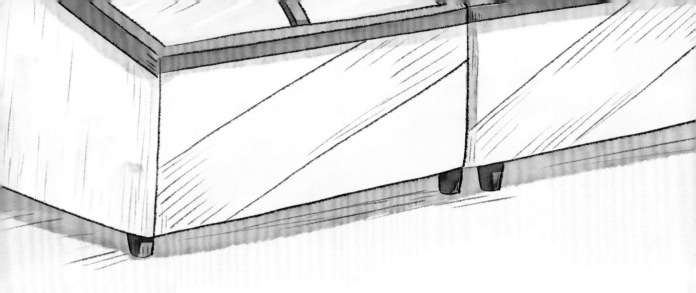

　　但是，兔小白就是想不起來，她說：「大概是一袋白砂糖、一瓶醬油，不不，是一包小蘇打……又或是一瓶飲料。總之，是三樣，三樣東西。」

　　「你這麼說，我不太明白，你要講清楚，我才能賣給你啊。」

　　「那……那我回去再問問婆婆需要買什麼，我們家離這裏不遠。」

兔小白氣喘吁吁地跑回家：「婆婆，婆婆，你能再說一遍要我買什麼嗎？」

　　「別着急，別着急，不要慌，不要慌。」兔婆婆說，「有時候說話說不清楚，是因為太着急、太慌張。」

　　「對對對，我就是因為害怕大熊先生，才會這樣的。」兔小白說，「但是，其實大熊先生一點都不可怕。」

　　兔婆婆用圍裙擦擦手：「是啊，不然大熊先生怎麼會把雜貨店的名字取得這麼美好？」

接着，兔婆婆又把要買的東西説了一遍。

「明白了，婆婆，這次我一定幫你把這三樣
東西買回來。」兔小白一溜煙地跑遠了。

在甜蜜蜜雜貨店，大熊先生正等着兔小白呢。

「大熊先生，我婆婆要買一包小蘇打、一包白砂糖、一包鹽。」兔小白説，「不會有錯了，就是這三樣東西。」

「對了，婆婆還説，買這三樣東西，需要十個森林幣。」兔小白補充道。

大熊先生已經把三樣東西放在購物袋了，他把袋子遞給兔小白：「小兔子，你這次把話講得清清楚楚、明明白白，真是幫了婆婆一個大忙呢。」

兔小白不好意思地笑說：「謝謝大熊先生，以後我再來買東西，一定會把話說清楚，不讓你為難。」

給父母的話

　　語言是人類最重要的交流工具，也是智力發展的基礎。幼兒時期是人在一生中掌握語言的關鍵階段，也是培養表達能力的重要時機。兒童要學會了說話，才能在與他人交流時，把自己心中所想的意思準確地表達出來。但是，孩子的表達力往往受到性格、語境、認知、經驗等影響。例如，有的孩子膽小、害羞，害怕與人交流；有的孩子性急、脾氣暴躁，說出來的話往往不太中聽；有的孩子認知不足，無法把事情清楚地描述出來；有的孩子不善傾聽，會打斷別人說話……這些都阻礙了孩子培養良好的表達能力。

我們都明白，生活是語言的泉源，所以家長平時要豐富孩子的生活，為他們創設多聽、多看、多說的語言環境。例如，多為他們提供與同齡孩子交往的機會；多向孩子提問簡單有趣的問題，鼓勵他們思考和回答；在閱讀圖書時，多引導他們說一說畫面有什麼東西、下一頁的故事會怎麼發展等。

　　培養兒童的語言表達能力，雖然不是一朝一夕的事，但是只要家長能抓住讓孩子說話的契機，並積極引導他們，相信他們一定會敢說、願說、會說。

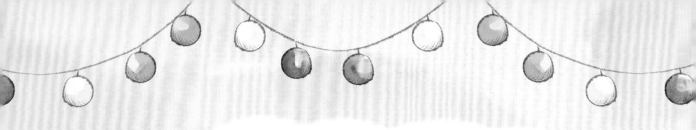

如何培養孩子的表達能力？

　　各位家長，培養孩子語言表達能力的方法有很多，齊來看看以下引導孩子說話的小提示吧！

1　讓孩子多聽、多看、多讀、多背。

2　啟發孩子敢說、想說、樂意說。

3　認真聆聽孩子的話，給予引導和正面回應。

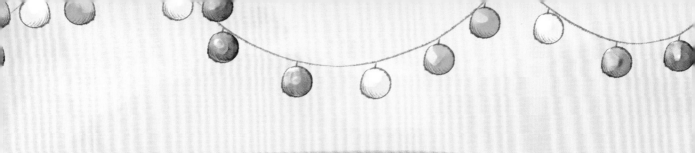

4 正確、認真地回答孩子提出的問題。

5 注意日常用語，給孩子做好榜樣。

6 鼓勵孩子參與不同活動和遊戲，鍛煉口語溝通能力。

表達能力大提升

我會清楚地說話

作　　者：許萍萍
責任編輯：黃稔茵
美術設計：劉麗萍
出　　版：新雅文化事業有限公司
　　　　　香港英皇道499號北角工業大廈18樓
　　　　　電話：(852) 2138 7998
　　　　　傳真：(852) 2597 4003
　　　　　網址：http://www.sunya.com.hk
　　　　　電郵：marketing@sunya.com.hk
發　　行：香港聯合書刊物流有限公司
　　　　　香港荃灣德士古道220-248號荃灣工業中心16樓
　　　　　電話：(852) 2150 2100
　　　　　傳真：(852) 2407 3062
　　　　　電郵：info@suplogistics.com.hk
印　　刷：中華商務彩色印刷有限公司
　　　　　香港新界大埔汀麗路36號
版　　次：二〇二三年二月初版

ISBN: 978-962-08-8172-5
Traditional Chinese Edition © 2023 Sun Ya Publications (HK) Ltd.
18/F, North Point Industrial Building, 499 King's Road, Hong Kong
Published in Hong Kong SAR, China
Printed in China